classic tales   cuentos clásicos   classic tales   cuentos clásicos
ásicos   classic tales   cuentos clásicos   cuentos
classic tales   cuentos clásicos   classic   ásicos
ásicos   classic tales   cuentos clásicos   classic tales   cuentos
classic tales   cuentos clásicos   classic tales   cuentos clásicos
ásicos   classic tales   cuentos clásicos   classic tales   cuentos
classic tales   cuentos clásicos   classic tales   cuentos clásicos
ísicos   classic tales   cuentos clásicos   classic tales   cuentos
classic tales   cuentos clásicos   classic tales   cuentos clásicos
ásicos   classic tales   cuentos clásicos   classic tales   cuentos
classic tales   cuentos clásicos   classic tales   cuentos clásicos
sicos   classic tales   cuentos clásicos   classic tales   cuentos
classic tales   cuentos clásicos   classic tales   cuentos clásicos
sicos   classic tales   cuentos clásicos   classic tales   cuentos
classic tales   cuentos clásicos   classic tales   cuentos clásicos
sicos   classic tales   cuentos clásicos   classic tales   cuentos
classic tales   cuentos clásicos   classic tales   cuentos clásicos

el **patito** feo

the ugly **duckling**

Published by Scholastic Inc., 90 Old Sherman Turnpike, Danbury, Connecticut 06816,
by arrangement with Combel Editorial.

ISBN 0-545-02102-2

12 11 10 9 8 7 6 5 4 3 2 1   7 8 9 10 11 12/0

Printed in the U.S.A.

First Scholastic printing, May 2007

el **patito** feo
the ugly **duckling**

Adaptación/*Adaptation* Darice Bailer

Ilustraciones/*Illustrations* Irene Bordoy

Traducción/*Translation* Madelca Domínguez

SCHOLASTIC INC.

New York Toronto London Auckland Sydney
Mexico City New Delhi Hong Kong Buenos Aires

Un día de verano, la mamá pata esperaba ansiosa en el prado que los huevos de su nido rompieran. Miraba los huevos y se preguntaba cuándo nacerían los patitos.

One summer day, a mother duck waited in the meadow, hoping the eggs in her nest would hatch. She peeked at her eggs and wondered when her ducklings would be born.

Finalmente, los huevos se rompieron uno por uno y la mamá pata escuchó: "¡Cuac! ¡Cuac!".

Se asomaron varios patitos. La mamá pata estaba muy contenta.

—Son los patitos más lindos que jamás he visto —dijo, y los acarició.

Finally, the eggs cracked one by one and the mother heard, "Peep! Peep!"

Out popped several ducklings. Their mother was overjoyed. She nuzzled them and said, "You are the cutest little ducklings I've ever seen."

Sin embargo, el huevo más grande todavía no se
había roto. La mamá pata se sentó encima de él un rato
más. Cuando finalmente se rompió, un patito gris asomó
la cabeza. No se parecía a los otros patitos.

---

*The biggest egg, however, had not yet hatched.
The mother duck sat on it a while longer. When the
big egg finally cracked, a gray duckling tumbled out.
It didn't look anything like the others.*

"Ese patito es muy grande", pensó la pata cuando estaba enseñando a sus patitos a nadar.

A los otros patitos no les gustaba su hermano porque era feo. Todos los patos se reían de él.

—————— ⟨∞⟩ ——————

That's a really big duckling, the mother thought, teaching her babies how to swim.

The other ducklings didn't like their odd-looking brother. All the ducks made fun of him.

El pobre patito estaba muy triste porque no se parecía a los demás.

———

The poor little duckling was very sad because he looked different from the others.

 **16**

Adonde quiera que fuera el patito gris, todos se reían de él.

—Qué patitos más lindos tiene —le decían los otros animales a la pata—. Todos son muy lindos excepto aquel.

—⦿⦿⦿—

Wherever the gray duckling went, everyone laughed at him.

"What nice-looking children you have," the other animals said to his mother. "They are all pretty except that one."

"Quizás debería irme de aquí", pensó el patito. Se metió en el agua muy triste y nadó toda la noche.

El patito se quedó solito en el pantano por dos días.

———◦◦◦———

Maybe I should just run away, *the duckling thought. He slipped down to the water and paddled all night long, heartsick and weary.*

The duckling stayed in the marsh for two whole days, all by himself.

Muy pronto, el patito escuchó a una bandada de gansos salvajes que volaba en el cielo.

—¡Ven con nosotros! —le dijeron, pero el patito no se atrevía a moverse. Tenía mucho miedo.

Soon the duckling heard wild geese flocking up to the sky. "Come with us!" they called, but the duckling didn't dare move. It was scary in the marsh.

Ese otoño, una bandada de cisnes muy elegantes
con cuellos blancos y largos apareció en el pantano.
El patito nunca había visto pájaros tan hermosos.
Le graznaron al patito y después volaron a un lugar
caliente para pasar el invierno.

That autumn, a great flock of swans with elegant,
long, white necks appeared. The duckling had never
seen such beautiful birds. They honked at the duckling
and then flew to a warmer place for the winter.

Cuando llegó la primavera, los cisnes regresaron. El patito miró su reflejo en el agua y se llevó una gran sorpresa. Ya no era más un patito feo. ¡Se había convertido en un hermoso cisne!

When spring came, the swans returned. The duckling looked down at his reflection in the water and saw a surprising sight. He was no longer an ugly duckling. He had grown into a beautiful swan!

En ese día soleado, el joven cisne, muy orgulloso, mantuvo su cuello muy alto mientras los otros cisnes nadaban a su alrededor. Finalmente, había encontrado a su familia.

On that sunny day, the young swan proudly held his head high as the other swans swam around their new friend. He had finally found a place where he belonged.